Ruben Pe

200

Premières

Vagues

FPTM Classiques

Ruben Perezovsky
est un homme, il est
né quelque part.

Il a déjà vu des
vaches, des taille-
crayons et des Post-
it jaunes.

Le reste n'a aucune
importance.

200 Premières Vagues Histoires courtes et très courtes

1

Boum, Boum, Boum, Boum. Le cœur pompe le sang et le distribue à chacun. Un peu de sang pour toi, un peu pour toi. Chacun ouvre l'enveloppe en espérant ne pas tomber sur une « putain de contravention » mais c'est de l'oxygène qui leur arrive en pleine face. Hmmm du délicieux O2. Ils s'en aspergent, s'y baignent puis retournent voir la boite aux lettres qui avec le temps rétrécit à vue d'œil. Certains se souviennent d'énormes colis Amazon blindés d'oxygène, un temps révolu. Ils donnent en retour du CO2 au cœur, pour eux c'est un cadeau, un échange raisonnable. Mais le cœur en a un gros et n'a jamais osé leur dire que « Leur Carbonne, ils peuvent se le foutre... ». Les lettres vides s'accumulent, les poubelles jaunes débordent, il serait peut-être temps de passer au mail.

2

Les hommes se déplacent en UBER, la nourriture en UBER EAT et mes jambes se font entUBER

3

Levez la voile ! Le vent s'engouffra dans le large tissu et mit en mouvement ce qui était immobile. Des hommes barbus et trempés se déplaçaient plus bas, levaient et tiraient d'épaisses cordes. De temps à autre, un mot se détachait de leur énorme bouche et se répercutait dans les oreilles des autres, ils changeaient alors subitement de rôles. L'eau rentrait de tous les côtés, s'amusant à faire balancer la coque du navire à gauche puis à droite, sans jamais se décider à le couler. Des bras et des jambes contre le vent et les vagues, un combat en plusieurs rounds avec de flamboyants retournements de situation. Quel dommage que les seuls spectateurs de cette bataille soient les combattants. Si spectateurs il y avait, les paris auraient penché en faveur de l'océan, parce qu'il est bien plus spectaculaire de voir mourir des hommes que de les voir vivre.

Eh bien les parieurs auraient été bien déçus car finalement les hommes ont triomphé et les vagues de l'océan se rongent encore la terre de dégoût.

4

Les morts en se réveillant deviennent automatiquement des zombies. A ce titre ils se doivent d'être sales, lents, et abrutis par l'alcool. Un zombie sobre est mal vu de ses congénères qui ne tardent pas à le punir de cet affront en le dévorant. Mais comme manger c'est tricher, les zombies veillent à ne prendre qu'une bouchée de la chaire pourrie de leur congénère, de peur de désaoûler trop vite.

 Les zombies aiment le rhum, moins le whisky qui les endort trop facilement. Certaines marques de rhum, inconnues de nous autres, êtres bien vivants, se sont spécialisées dans l'alcool pour zombie. Elles placent leurs affiches publicitaires dans les cimetières et laissent un échantillon de leurs produits sur chaque pierre tombale. La plus connue d'entre elles est le Rhum De Chez Tata goût vanille piment. Mais bon, vous serez tout cela au bon moment.

5

J'ai vu un gars avaler des lames de rasoir sur You Tube, je l'ai montré à mes gamins. Quand ils m'ont demandé "pourquoi il avale ça ?" j'ai répondu : "Pour tuer le chat qu'il a dans la gorge". Une semaine après, mon gamin à gober un stylo bille, on l'a emmené aux urgences, ils lui ont vidé l'estomac. En sortant de l'hôpital il m'a dit ça suffit un stylo pour tuer le gros méchant chat qui est dans ma gorge". Les enfants sont des cons, il ne faut jamais l'oublier.

6

Mon agenda est tellement rempli que l'encre y déborde. Je sais ce que je vais faire dans 3 mois, avec qui je dois manger l'année prochaine, je sais même quand ma femme sera enceinte et j'ai déjà pris un jour de congé pour assister à la naissancc dc mon premier enfant.
Hélas, ma voiture vient de percuter un bus et le choc a été brutal pour mon agenda qui s'en trouve tout chamboulé.

7

C'est l'histoire d'un âne qui broute de l'herbe et croise une vache. La vache lui dit « Tu es sur mon territoire, va brouter ailleurs ». L'âne se déplace d'une centaine de mètres, à peine commence-t-il à savourer l'herbe fraîche qu'un cheval vient à sa rencontre et lui dit « Tu es sur mon territoire, va brouter ailleurs ». Une nouvelle fois, l'âne se déplace et rencontre un loup qui lui dit « Tu es sur mon territoire, tu ne brouteras plus jamais ».

8

Quand un homme meurt il refroidit. Voilà pourquoi les cannibales préfèrent manger les hommes en été, ça rafraichit.

9

Les gouttes d'eau sur la vitre arrière d'une voiture. Elles glissent, elles s'accumulent et disparaissent. Elles prennent la couleur de leur environnement, elles sont jaunes lampadaire, noires bitume ou rouges clignotante. De toute taille, mais seules les plus petites survivent, leur corps mou lutte contre la gravité. Elles s'accrochent aux yeux du passager distrait, elles s'amusent de le voir prévoir leur trajectoire. Elles sont belles, inaccessibles et froides, les gouttes d'eau sur la vitre arrière de la voiture.

10

Quand je manque d'inspiration, je me coupe un doigt au-dessus d'une feuille blanche et le sang qui s'y répand forme des mots, des histoires, que je peux utiliser librement. J'ai tous mes doigts.

11

Tout l'ennuie facilement, surtout lui-même.

12

Il y a une dense fumée dans une chambre sombre où les murs sont des parois de verre et les lampes des flammes. La fumée se déplace selon les lois simples qui gouvernent le monde, elle se pousse vers l'avant, se retire en arrière, se dissipe sans disparaître. Pourtant, n'est-ce pas le propre de la fumée de disparaître ? Autour de la chambre, des hommes regardent le fils du feu, ils tournent autour de la chambre carrée. Peut-on donc dire qu'ils tournent ? Ne peut-on pas tourner qu'autour d'un cercle ? Si oui, alors quel mot utiliser lorsqu'on tourne autour d'un carré ? Ils regardent, émerveillés, cet espace fermé, leurs esprits se projettent dans la possibilité d'y rentrer. Ils veulent sentir la fumée autour de leurs corps, son odeur semble douce au toucher. L'un d'eux se précipite sur l'une des parois de verre qui projette son corps vers l'arrière. On ne rentre pas. Un autre l'imite. Puis tous se jettent sur le rectangle clos, sans l'ouvrir, les murs ne tremblent même pas. A l'intérieur la fumée chante sa douce mélodie, mais à l'extérieur c'est le chaos le plus total, les vitres sont tachées de sang, des corps jonchent le sol de marbre froid. D'un coup, les lumières de la salle s'éteignent transformant les vitres en glaces. Les hommes regardent leurs visages ensanglantés, leurs corps pleins de bleus et leurs poignées défoncées sans comprendre ce qui les a poussés à une telle violence. Pourtant, à peine les lumières rallumées, la fumée redevient visible et le grotesque spectacle reprend de nouveau. Il en est ainsi depuis la nuit des temps.

13

C'est l'histoire d'une brebis qui se casse la jambe en descendant de la montagne pleine de verdure. Elle se déplace difficilement mais l'herbe est si proche qu'elle n'a pas besoin de faire beaucoup d'efforts pour se nourrir. Elle continue donc son chemin. Après quelques temps elle se casse une autre jambe en buttant sur un rocher. Elle a terriblement mal mais aussi très faim, elle continue donc à brouter les épis de verdure.

 A la fin de cette histoire, vous vous en doutez, la brebis meurt, les 4 jambes cassées. La morale de cette histoire est également facile à deviner, il est plus dur de connaître le nom de la brebis en question.

14

Il y a un type qui s'est échappé de sa maison de retraite et qui se balade à poil dans une forêt. Il caresse de la paume de sa main les troncs de la nature. Il écrase la terre, les feuilles et tout ce qui jonche le sol. Il sautille lorsqu'une épine de pain rentre dans son gros orteil, s'appuie sur un arbre et la retire. Quelques gouttes de sang apparaissent sur son orteil tout ridé, ça lui fait un peu mal. Il s'assoit et écoute, regarde, sent la nature, c'est bien mieux que dans sa chambre ou seule la télé peut le distraire. Il se relève difficilement, met une feuille dans sa bouche et la mange. Elle a un goût de plastique et d'eau, c'est plutôt bon. Il en avale une autre et la recrache, celle-ci à un goût affreusement aigre. Des fourmis escaladent son corps nu de géant, il les sent sur sa peau, la plupart n'osent pas s'aventurer plus haut que son genou. Il en prend une et la mange, elle est trop petite pour avoir du goût. Il croise une route, le bitume est très chaud, il la traverse en sautillant, ses pieds échappent tour à tour à la chaleur du sol puis retrouve la bonne température de la terre fraîche. Sa balade dure quelques heures puis il retourne dans sa chambre, il a faim. Personne n'a remarqué son absence. Demain il recommencera, il ira plus loin encore. Peut-être qu'il en parlera à Richard, il aime bien parler à Richard.

15

Ça tombe bien, je n'avais absolument pas envie de vous croiser et vous voilà. Comme quoi le hasard fait mal les choses.

16

Les mecs qui escaladent d'énormes montagnes n'ont pas froid aux yeux mais mal aux mains.

17

Nos yeux nous permettent de voir les choses en grand. Si je me rapproche de mon téléphone, il me parait énorme. Je suis loin du soleil, il est minuscule. Ce sont mes yeux qui créent la taille d'un objet, l'objet n'a même pas le pouvoir de se définir. Ce pouvoir m'appartient.

18

Sur le rivage opposé, une vache essaie de traverser la rivière. Le courant est fort, elle est sans arrêt poussée par la force de l'eau. Je la regarde se débattre, ses pattes remuent, elle maintient sa tête en dehors de l'eau en regardant le ciel avec ses gros yeux apeurés. Pour être honnête, elle est ridicule dans son effort. La rivière est assez large, après de longues minutes, la vache épuisée me rejoint, je la félicite en caressant son museau trempé puis je prends ma barque et rejoins la rive opposée. A nouveau, je fais des signes pour que la vache me rejoigne. Elle ne le fait pas, sage animal.

19

Beaucoup de peurs dans le cœur des hommes. Ils voient dans leur passé des barreaux de prison entre lesquels ils s'enferment pour éviter leurs zones sombres. Ça résonne dans leurs mots, transpire dans leurs gestes. Le regard obscurci par de sombres pensées, ils voient la mort partout mais n'en parlent jamais. Ils marchent dans des rues mais ignorent leur couleur. Ils croisent des passants mais se sentent toujours seuls. Leur tête est une usine, une usine à douleur où chaque ouvrier bercé par sa routine forge les mêmes pensées dans une zone minuscule. Où chaque ouvrier bercé par sa routine forge les mêmes pensées dans une zone minuscule.

20

Une vieille dame est face à moi sur le long tapis roulant qui permet de prendre la ligne 6 à partir de Montparnasse. Elle est habillée d'un long k-way rose pale. On est au mois d'août, mais il fait assez froid. Elle a des chaussettes courtes, je peux voir ses chevilles, sa peau est pleine de veines, son sang semble violet. Elle avance plus lentement que tous les autres qui la dépassent par la gauche, et moi je la suis. Sur le mur, à droite du tapis roulant, sont inscrits des informations. On y apprend le nombre de kilomètres de rame du métro Parisien, le nombre de tickets vendus, le nombre d'utilisateurs quotidiens et annuels de ce lieu souterrain. Les nombres sont impressionnants. Elle les regarde, et les digère, et moi juste derrière elle, je fais de même. Je vois ce qu'elle voit, comprends ce qu'elle comprend, je me mets dans sa tête sans qu'elle n'en sache rien. Le couloir est long et lorsque l'on se sépare, elle ne le sait pas, mais elle m'a donné quelque chose qui restera. Et je regarde une dernière fois sa silhouette avant de la perdre à jamais.

21
Je n'ai rien à dire mais follement envie de parler.

22
-Vous vous rendez compte de la quantité de plastique que vous jetez chaque année? Vous ne pensez pas aux tortues de mer ?
-Les tortues de mer…ah non j'y pense rarement.

23
Il y a deux définitions à la gravité et les deux font tomber le sourire de nos lèvres.

24
"Nous allons atterrir dans 10 minutes" Un avion.

"Dormez bien" Un lit
"Il reste suffisamment d'essence tu crois ?" Une voiture
"La mine est tombée" Un crayon
Tout objet, grand ou petit, s'imprègne de nos mots.

25

Mettre une blague dans un papier de carambar, permet d'inciter le client à l'ouvrir. Mettre une blague dans la bouche d'une Belge, permet d'inciter son interlocuteur à lui dire de la fermer.

26

"Sous les eaux des océans, les poissons papotent, c'est pour ça qu'ils font des bulles. Des bulles remplies de mots qui s'envolent vers les oreilles d'un autre poisson. Les poissons mettent des mots dans leur bulles, tapent dedans avec leurs nageoires pour viser le poisson qui va les recevoir. Puis l'autre poisson fait pareil. C'est comme cela que les poissons savent où sont les pécheurs et comment les éviter."
" Mais papa, pourquoi il y a des poissons qui se font attraper ?"
"Ah c'est seulement les poissons muets qui se font attraper, jamais les poissons qui parlent"
"Est-ce qu'ils ont le même goût les poissons muets et les poissons qui parlent ?"
"Ah les poissons qui parlent sont bien meilleurs"

"Comment tu sais ? Tu m'as dit qu'on ne pouvait jamais attraper les poissons qui parlent"
"Aaah oui tu as raison"
Les enfants ont ce talent de déceler le rationnel dans l'irrationnel.

27

L'expression « coûter la peau des fesses » trouve ses origines dans un temps bien ancien où les hommes dépeçaient leurs morts afin de se servir de leur peau comme vêtement. Ils leur arrivaient de vendre cette peau, or la partie la plus chère était les fesses car riche en gras elle protège particulièrement bien du froid. Cette partie était donc surtout utilisée pour protéger le visage ce qui a fait également naître l'expression « avoir la tête dans le cul ».

28

Si vous coupez une carotte et regardez à l'intérieur vous y verrez au centre un cercle dont la couleur orange est plus claire qu'à sa périphérie et plus homogène. Et tout autour, on peut voir de minuscules crevasses qui se dirigent toutes vers l'extrémité de la carotte. Un peu comme un soleil dessiné par un enfant avec un centre et des traits qui en sortent et touchent le bout de la feuille. D'après des études menées à l'université de Boston, USA, l'intérieur de la carotte serait la représentation miniature de notre univers. Le centre étant le Big Bang et les crevasses représentant son extension. De cette conclusion est née une étrange prédiction, nous allons très probablement tous nous faire bouffer par un lapin.

29
Un homme courageux est un homme qui fait ce qu'il ne se sent pas capable de faire. Un homme fou est un homme qui s'imagine incapable de faire ce que tout le monde peut faire mais capable du reste. Donc un fou courageux est un homme qui peut tout faire.

30
La lame est rentrée dans son ventre et ses yeux ont jeté sur moi des mots de surprise. Un fin filet de sang coulait vers sa ceinture. Je n'avais plus la force de tirer sur le manche, ce couteau me semblait à présent à sa place. J'ai couru comme un fou, mes jambes s'éloignaient de mon acte. Je n'en ai pas dormi. Le lendemain mes yeux, saturés de peur, me regardaient mettre de l'eau froide sur mon visage. J'étais pris de tremblements, mon lit était une éponge à sueur froide. Je n'ai pas mangé, je n'ai pas bu. Mon corps me répugnait, comment ce bras a-t-il pu faire cela. Je regardais ma main qui d'innocente est devenue meurtrière. Les images tournaient en boucle. Ma tête veut exploser. Ne tuez jamais un homme, c'est bien trop dur à vivre.

31

On est pressés de mettre ses chaussettes, je me demande pourquoi ? Ne pouvons-nous pas prendre notre temps pour enfiler ce morceau de textile sur nos pieds. Nos pieds ne sont pas faits pour être ainsi enfermés, ayons au moins la décence de fermer la porte de leur prison sans brusquerie avant de nous enfermer dans la nôtre.

32

Si j'étais millionnaire, je serais heureux. Si mon compte bancaire affichait les six zéros, je serais comblé. En fait, secrètement, j'en doute.

33

Chacun développe ses patterns. Des gestes, des mots, des pensées qui finissent par se répéter inlassablement. C'est une façon de marcher, une habitude acceptée, une opinion. Ça devient une fierté, c'est en réalité une peur. Peur d'être ensevelie par la réalité. Impossible à saisir, on préfère l'inventer. Quand elle nous écrase, on crée un monstre fragile en priant pour que personne ne voit que sous le masque de fer se cache le vide.

34

Je suis parfois si fatigué que je dors sur mon bureau. Quand je me réveille je me mets immédiatement à travailler. Mais parfois je ne suis pas très fatigué, je dors alors dans mon lit, quand je me réveille je me mets immédiatement à redormir.

35

La pleine lune, c'est un cercle lumineux. La demi-lune c'est un demi-cercle lumineux mais la lune c'est quoi ?

36

J'aime bien mettre ma tête au-dessus de la bouilloire. La vapeur d'eau s'accroche à mes lunettes, j'y vois flou pendant quelques secondes. Un ami, m'a conseillé une méthode bien plus rapide et efficace qui offrait le même effet, retirer mes lunettes.

37

Je parviens encore à être effrayé par mon ombre. J'adore.

38

Ils sont grands, énormes, leurs bouches avalent les nuages, leurs pieds écrasent les montagnes. Ils avancent seuls sans craindre rien ni personne. Chaque mouvement est un grondement qui fait fuir les oiseaux et frissonner les hommes. Leur corps n'est pas fait de chair et de sang mais de vent et de feu. Ils diffusent une lumière bleue sur des visages déformés par la peur. Ils marchent vers un même point, écrasent l'eau des océans, les terres sèches du désert, les arbres des forêts. Leurs yeux sont des points noirs ridicules où l'on ne peut rien y lire. Immenses marionnettes venues d'ailleurs pour écraser notre monde.

39

On ne peut pas donner tout trop vite et ce du fait de la logique de l'échange. En donnant tout à l'autre, je le pousse à tout me donner en échange. Qui voudrait faire subir cette pression à un être aimé. Et pourtant en aimant l'autre, on a envie de tout lui donner sans rien prendre en échange, comme la rivière qui se déverse dans l'océan.

40

On connaît le cri des *Mangala* de Patiume. Mais lorsqu'il surgit de la bouche de tant d'entre eux, nos poils se lèvent et notre sang se fige dans nos veines. On essaie de se mentir en gardant un visage serein mais on se pisse tous dessus. Selon les accords d'OBAN 2, notre présence dans leur zone était interdite. Sans surprise, notre petit groupe s'était rapidement fait encercler par une bande grandissante de *Mangala* beuglant de colère. Je fis un pas en avant, mis délicatement sur ma gorge le Vatriume me permettant de parler leur langage et dit " Nous venons en paix. Un de nos ennemis communs souhaite conquérir nos terres. Nous cherchons la force dans le rassemblement. Menez-moi vers votre chef " Mes paroles avaient été suivies par un silence pesant, mais les yeux qui me regardaient restaient emplis de haine. Un *Mangala* s'avança vers moi. D'un geste ample de la main, il me prit mon Vatriume pour le placer sur sa gorge "Nous sommes un peuple fier et fort, dans ce combat contre l'ennemi, nous vaincrons seuls" Des cries rauques plein de fierté remplirent les bouches de nos assaillants. Ma peur devint colère. Sans prévenir je pris le couteau à ma ceinture et l'enfonça suffisamment dans ma gorge pour qu'un filet de sang y coule. "Sans vous, nous sommes tous mort. Tuez-nous maintenant". Je n'avais plus le Vatriume sur ma gorge mais tous avaient bien compris mon message. C'est ainsi que commença le grand rassemblement de Terres de Moundi 2.

41

Assis sur les toits de Gotham City, j'entends les murmures dc la villc. Les voitures ressemblent à des coccinelles, les hommes ne sont que des points noirs éclairés par les lampadaires. D'ici j'entends tout. Une main posée sur le sol, un genou à terre, je peux entendre les battements de mon cœur résonner sous mon gilet pare balle ultra light. Je saute, déploie mes ailes sombres, on ne me voit plus. Un hangar, des hommes armés transportent des boites qui ne contiennent certainement pas des pommes. Le bruit de mon corps tranchant l'air leur fait lever la tête. " T'as entendu ça ?" "Hein ouais mais je n'ai rien vu". Mon crâne, sous mon masque, pulse au rythme de mes battements cardiaques. Un geste, je saisis la nuque d'un homme, explose sa tête contre un conteneur. Le bruit résonne. Tout le monde pue la peur ici, sauf moi. Les armes se lèvent vers le ciel, ça veut percer de la chauve-souris. J'écrase la jambe d'un homme, son corps se plie en deux, je frappe sur son front avec mon genoux droit. Un homme tire une rafale en criant "aaaahh espèce de salope". Ils ne sont plus que trois. Je m'attaque à celui qui a la pétoche, il tremble comme un arbre pris dans une tempête. Je le pousse, il tombe sur le sol, ma main saisit son arme et se sert du manche pour taper fort sur son nez, trois fois. Plus que deux. La peur les rassemble, ils sont collés dos à dos. Je surgis de nulle part, l'un tire et me touche à la côte, mais rien ne m'arrête. Je saisis son arme, la balance, puis lance le corps de l'un sur l'autre. Ils sont à terre. Je saute à pieds joints sur le crâne du premier puis bondit sur l'autre. Son regard croise le mien, il se pisse dessus, littéralement. Ses longs cheveux sont entre mes mains, d'un mouvement brusque de l'avant-bras je cogne sa face de rat sur le sol. Je le fais plusieurs fois jusqu'à ne plus sentir l'envie de taper. Mon corps se lève. Je respire lentement en baissant ma tête et me laisse noyer par l'obscurité de Gotham City.

42

Il est facile d'écrire, il suffit de regarder.

43

Je regrette rarement ce que je fais mal, car par définition, une action ne peut être parfaite.

44

La lumière du soleil est entrée par ma fenêtre pour toucher mon visage. A mesure qu'elle se déplace sur mon parquet tout chaud, je me déplace avec elle. Elle s'amuse avec moi, m'oblige à longer les murs, à me tordre dans tous les sens, à ramper sur le sol. Enfin, elle monte là où je ne peux l'atteindre, dans le ciel, en son centre. De là-haut, elle me montre que même la plus vive clarté peut devenir obscurité, que le changement est immuable et qu'"éternel" et un mot imaginé par les hommes mais ignoré par la nature.

45

Beaucoup de mots ont été écrits, de pensées développées, mais rares sont ceux qui ont nourri suffisamment d'hommes pour devenir réalité.

46

Trop sensible, je vois l'agressivité partout. Dans une question, je vois l'agressivité car on m'oblige à répondre. Dans le cri de joie, je vois l'agressivité, car la bouche a volé le rôle de l'esprit. Dans un geste, je vois l'agressivité, car le corps y est esclave de la pensée. Dans un clin d'œil, je vois de l'agressivité, car seul un œil a pu se reposer. Dans mes mains, je vois l'agressivité, car de feuilles elles deviennent pierre. Dans le vent, je vois l'agressivité, car il oblige au mouvement. Dans votre lecture, je vois l'agressivité, car vous y soumettez votre rythme. Dans un œuf, je ne vois aucune agressivité. L'œuf est parfait pour l'homme hypersensible.

47

Malheureusement chaque livre doit avoir un auteur. On aime rendre petit ce qui peut être GRAND.

48

Pour pouvoir se dire Sage, il faut croire que l'on connaît les pensées de tous les hommes. Autrement comment pourrions-nous savoir que les nôtres sont plus sages ?

49

Je connais bien le malheur, il a une odeur de caillou. Il a le souffle court et le regard d'un aigle. Il se pose sur le chemin du bonheur, pour être sûr que l'on marche dessus. Pour l'éviter, il suffit de le chercher, car trop présomptueux il a cru connaître les hommes sans penser que certains souhaiteraient marcher sur sa route. Ainsi, la route du malheur n'existe pas.

50

Un homme à la terrasse d'un café, agacé par des pigeons leur lançait des miettes de pain pour les éloigner.

51

Je suis parfois si calme que je sens le vent me traverser.
Certains hommes agités appellent cela respirer.

52

Sur mon clavier noir et blanc, je tapote mes idées. Les touches ne changent pas de place mais mes idées font des vagues et certaines finissent trempées. Je tapote et je tapote dans une flaque devenue marais, je frappe chaque touche si fort qu'elles finissent par sombrer. Dans mon océan clavier, je ne cherche pas à nager, moi aussi je veux couler pour y rejoindre mes idées.

53

La princesse Alagueta choisit sa mort, le couteau qui lacère son poignet peint du rouge sur le beige de sa peau. Dans ses yeux s'immiscent le vent de l'hiver éternel, ses pupilles sont fixes et ses paupières papillonnent. Elle s'affaisse dans son lit avec la lenteur et la force d'un iceberg qui donne l'un de ses membres à l'eau. Sous son épaule droite, une tache sombre se dessine, une ombre qui grandit et qui s'arrête soudain. Cette princesse magnifique n'a rien perdu du tout, en échange de sa vie, on lui donne son honneur ; elle est partie ailleurs pour rester avec nous. Quand on la découvre, on devine au tableau peint par son corps que l'acte a été beau, que son geste était fort. Une larme coule sur nos joues comme sa lame sur sa peau, froide et pourtant chaude, elle essuie autour d'elle tout ce qui est sale et dessine une fine route que l'on appelle "le beau".

54

Pour prouver aux autres qui il est, il devient un autre.

55

Au printemps, les arbres urbains lancent leur pollen à la conquête de leur futur. Ils ne rencontrent que la dureté du bitume, la carapace des voitures, les cheveux des passants. Jamais les villes n'accepteront qu'un arbre pousse ailleurs que le long d'un trottoir. La ville est un lieu où l'on contient la nature, pour que l'homme se prouve qu'il est plus qu'un animal. Les arbres ignorent le désir des hommes, ils ne répondent qu'à leurs pulsions primaires. Si les hommes faisaient de même, la joie fleurirait au coin des rues.

56

Le dieu des juifs veut le bien des juifs, celui des musulmans le bien des musulmans, celui des chrétiens, le bien des chrétiens. Ces trois dieux différents sont suivis pas 3 groupes d'individus qui proclament qu'il n'y a qu'un dieu. C'est dans cette grossière erreur arithmétique que réside toutes les tensions. Il est en effet évident que 3 n'est pas égal à 1. Pour mettre tout le monde d'accord le gouvernement Estonien a enfermé ces trois dieux dans une boite, après une longue discussion divine un seul dieu fut choisi. Celui des juifs, qui a habilement négocié avec les deux autres la pratique de Hamadān et le baptême en plus des pratiques habituelles, plus une commission de 20% sur chaque offrande. Les religieux s'en mordent les doigts.

57

Certains animaux sont si laids que personne ne les mange. La mort n'aime que la beauté.

58

Tout le monde veut de l'argent. Tout le monde veut les billets. Tout le monde veut la voiture dans la villa au soleil. Tout le monde veut courir pour essayer d'attraper ce billet vert qui s'envole, cet objet appelé argent. On crie très fort pour l'argent, on pousse très fort pour l'argent, beaucoup d'efforts pour l'argent. Quand on en a plein les poches, on fabrique d'autres poches, d'autres poches pour l'argent, on en est tous très gourmands. Certains finissent étouffés, dans leur poche trop de papiers. Ils s'en remplissent le gosier, difficile de respirer. D'autres en manquent cruellement, ils sont rouges de colère. On leur dit NON, NON NON NON, pour toi il n'y a plus d'argent !

59

L'homme est un océan. Les vagues sont ses désirs. Les rochers qu'elles viennent polir sont ses opinions, sa personnalité. Les mouettes qui tournent autour, sont ses amies, sa famille. L'homme est un océan.

60

L'intelligence surgit lorsque la bêtise se regarde dans son miroir.

61

Dur de comprendre les mots qui façonnent une nouvelle idée. Il est bien plus simple d'abandonner.

62

Une énorme lumière dans le ciel. Comme une explosion silencieuse. Etrange de voir le changement dans ce que l'on s'est habitué à ne plus regarder. Après le jaune du feu, le blanc de la fumée, un énorme palmier jaune s'est planté entre les nuages. La fumée tombe, elle tombe vite et avec elle vient un bruit insoutenable. Le silence se transforme en son opposé. Les cœurs battent, les mains agrippent, les corps aspirent l'air devenu poison. Un corps chute, se relève pour retomber. Les morts emménagent chez les vivants. L'épaisse fumée crée une belle intimité, chacun peut crever sans être dérangé par l'autre, seuls les cris nous permettent d'y voir plus clair.

Dans leur siège rouge, ceux que certains appelleront ennemis et d'autres alliés observent les conséquences de leur action. Les regards sont sévères, c'est ainsi que la mort a toujours été regardée, dur de changer les vieilles habitudes. Dans la tête de ces observateurs anonymes, des nombres défilent, on imagine le nombre de morts, une comptabilité qu'il est dur de tenir. Un homme croise le regard d'un autre, un signe semble-il. L'un d'eux presse un bouton sur un immense clavier et parle "Cible détruite". C'est tout ce qu'il dit, dommage on aimerait que plus de sons sortent de sa bouche, le silence nous ennuie. "Cible détruite" il le dit tranquillement, sans insister sur un mot ou l'autre, et pourtant il serait facile d'insister. C'est vache en effet d'avoir asphyxié toute cette population, mais bon c'est certainement pour une bonne raison. Peut-être une guerre, une nation mécontente, une idée à défendre, bref la fierté de quelques hommes y est pour quelque chose. Douce mort à tous, by by.

Oh mais ne vous en faites pas, il y aura une vengeance, oui d'autres hommes mourront ailleurs, d'autre explosions, d'autres cris. En fait c'est tout naturel de mettre un peu d'épices dans le plat, un peu de sang sur la chaire, autrement on s'ennuierait à mourir à rester tous vivants, bonjour la dépression.

63

En lisant ces propres mots, il découvrait l'homme qu'il était il y a bien longtemps. Il semblait si naïf, un vrai gamin. Ses idées lui semblent maintenant stupides. Dans ses lettres formées avec bien trop d'attention, il se revoit sur son bureau, son stylo à encre dans les mains, le nez collé à sa feuille.

64

Boulimique, cela signifie devenir une boule. J'adore l'idée de devenir une boule, d'être boulimique, de rouler dans ma bulle. Mais comment les autres me regarderaient ? Serais-je gêné d'être le seul à rouler quand tout le monde marche ? OOOOH je m'en fous, laissez-moi devenir une boule, laissez-moi rebondir partout le sourire aux lèvres et la bouche pleine de bouffe.

65

Avant je comptais trop sur les autres, j'étais persuadé qu'ils faisaient ce qu'ils avaient dit, qu'ils tiendraient parole. Mais à présent sitôt l'on me dit quelque chose, sitôt je l'oublie, pour alléger le poids de leurs promesses. Le problème c'est qu'au fond de moi, une voix d'enfant me murmure " mais s'il l'a dit, il le fera". Eh oui j'espère encore rencontrer celui, celle, qui fera ce qu'il/elle dit. Il faut beaucoup d'eau pour éteindre le feu de l'espoir.

66

On peut regarder une araignée sans bouger. Mais on peut aussi être vu par une araignée qui bouge.

67

Si tu parviens à entrer dans la bouche du dragon, tu y trouveras un diamant qui une fois placé sur la montagne d'ARKEON, t'apportera des taux immobiliers à 0% sur 10 ans.

68

Ils nous font sentir coupable de ne rien faire. J'adore ne rien faire et non je ne suis pas coupable.

69

A la fin de chacune de ses idées, viens une vague de pessimisme. Une idée, une vague, une idée, une vague. Rien n'est possible, tout est inatteignable. Même l'action la plus simple devient un but impossible, la plus petite difficulté est décuplée par cent, par mille. Une idée, une vague. Il est facile de se laisser bercer par le mouvement de l'impossible, de laisser tomber. Une idée, une vague. Et tout devient plus plat, le flot d'idées diminue, avec lui le flot de vagues. Et on finit par regarder un lac sans vague, noir comme du charbon. On finit par ne plus entendre le son des vagues venant mourir sur le rivage. Une idée, une vague, rien.

70

Il est dangereux de réfléchir trop longtemps à la même chose. On finit par ne jamais la faire. C'est un dialogue cerveau & bras qui peut se transformer en drame.

Le cerveau " Laisse-moi y réfléchir, brainstormer et je te donne mes inputs pour aller de l'avant ".

Le bras " Ok, mais ne me fais pas un benchmark de 1O pages et évite de me présenter 143 slides pendant ta présentation finale ".

Le cerveau " Yes, t'inquiète ".

5 jours plus tard...le bras " Alors c'est bon t'as fini ".

Le cerveau " Je t'envoie ça ce soir ".

2 jours plus tard " Putain...t'abuses ".

Le cerveau " Oh ça va, c'est bon. C'est juste plus compliqué que prévu, je sais plus si je préfère le rouge ou l'orange".

Le bras " Mais on s'en fout prends l'orange, c'est juste une éponge, bordel" Cerveau " Une éponge, c'est une éponge, ça joue sur la couleur générale de la cuisine. Tu me fais passer pour le con en simplifiant le problème et ce n'est pas la première fois."

Le bras " Ecoute, demain je vais acheter l'éponge, une, normale jaune et vert". Le cerveau " Non, non j'ai vu des tas d'éponges sur internet, ce n'est pas pour prendre juste une éponge !"

Le bras " Mais si justement, c'est le but bordel ! "

Le cerveau " Ne commence pas à crier sinon je vais nous faire oublier d'acheter une éponge et tu vas encore douiller 3 mois à faire la vaisselle avec tes ongles".

Le bras " Arrête tes conneries, va sur Amazon dis-moi l'e éponge que tu veux et c'est bon "

Le cerveau " Amazon, c'est mauvais pour l'empreinte carbone"

Le bras " Mais je n'en ai rien à foutre de l'empreinte carbone d'une éponge, putain t'as vu mes mains. Je fais la vaisselle avec une éponge morte depuis 10 jours et tu me parles d'empreinte carbone d'éponge orange à la con!"

Et le cerveau oublia...

71

Je ne m'attache jamais assez à une idée pour qu'elle devienne une opinion.

72

Dans une église, un dimanche, un pasteur faisait un discours. A la fin de son discours, il remercia le public de l'avoir écouté. 10 minutes plus tard, toutes les personnes ayant assisté à ce fameux discours se retrouvait devant le confessionnal. Le premier entra. Le prêtre posa la question qu'il faut poser "qu'avez-vous à confesser, mon fils", l'autre répondit : "Père pardonnez-moi de n'avoir pas écouté votre discours, pardonnez-moi". Et il en fut ainsi pour toute l'assemblé. Ce prêtre était connu pour être ennuyeux à mourir, que dieu lui pardonne.

73

Ils ont élagué les arbres de ma rue. C'est l'hiver. Ils ne ressemblent à présent qu'à des bouts de bois plantés dans le bitume. Leurs branches forment des V, de la mousse verte s'est posée sur certains d'entre eux mais la plupart sont d'un marron triste. J'ai bien senti que quelque chose n'allait pas en marchant dans ma rue.

74

Quand un magicien rentre sur scène c'est pour faire de la magie. Quand un connard rentre dans une salle, il fait des conneries. Si un magicien prend un connard et le transforme en lapin blanc. Le lapin croquera son bras à lui faire rompre les ligaments. La connerie s'immisce partout, les vaches sont folles, les crapaud fous, il faut savoir être vigilant, le connard peut être dans votre propre enfant.

75
Tout peut sembler intelligent lorsque c'est écouté par un con.

76
Elle est légère comme une plume. Mais elle montre les muscles pour devenir marteau, elle parle des mots qui ne sont pas beaux, elle lance des regards qui ne sont pas chauds. Mais sa beauté reste plume. Elle cache sa nature avec des défauts, elle marche sur les autres avec des sabots. Dans ses yeux, je vois une plume, ses gestes sont plumes, sa peau est plume et moi je plonge dedans.

77
Allongé dans les couloirs du métro, une bouteille de 86 à ses côtés. Sa capuche sur la tête pour faire naître l'obscurité dans un lieu où la lumière du soleil n'a jamais mis les pieds. Il voit les passants avec ses oreilles, devine la marque de leur chaussure par leur bruit. A force de rester recroquevillé sur lui-même, d'enfermer la chaleur dans son ventre, il en oublie qu'il ne sent plus ses pieds. Il a bien bu mais pas assez pour chasser ses pensées sombres, pas assez pour

ne plus rien sentir, pas assez pour avoir le luxe de ne plus vouloir boire.

78

Le bonheur n'existe pas. Plus qu'une simple phrase, c'est une réalité. La seule chose existante qui peut se rapprocher de ce que l'on appelle bonheur est le jeu. Jouer, c'est profiter pleinement du moment présent. Jouer est la chose la plus sérieuse qui soit, sa pratique est essentielle à l'homme.

79

La mort ne nous frappe pas seulement une fois dans notre vie. Elle nous frappe quotidiennement, lorsque dans le métro, un homme se concentre sur son téléphone, il est mort. Vivre c'est accepter sa présence dans un moment précis qui a été défini comme le présent. Lorsque vous êtes dans vos pensées, que vous écoutez de la musique, lisez un livre, regarder un film, dormez, vous êtes mort. Cette mort ne fait peur à personne, c'est pourtant la seule que vous allez régulièrement vivre. Cette mort se cache derrière la fausse conception de la mort qu'est la nôtre. Si nous la regardions, elle nous effraierait. Si je vous filmais en train de regarder un film, vous pourriez voir la mort s'immiscer en vous, vous dévorer. Pourquoi cette mort n'a pas été éliminée ? Parce qu'elle est devenue une telle part de notre vie, qu'en prendre conscience nous obligerait à nous appliquer à vivre plusieurs heures par jour. Une telle expérience de la vie serait un énorme défi pour la plupart d'entre nous, un défi auquel nous ne pourrions faire face. Écrire ces lignes me plonge dans un état de mort, je vais vers ce qui n'existe pas, vers ce que l'on a bêtement appelé la pensée, qui est en fait la mort. Je le fais car cette mort offre une sensation de supériorité sur la vie, donne l'impression de regarder la vie de haut. Mais la vie ne se regarde pas, car pour regarder quelque chose il faut en être en dehors. La mort a été rendue effrayante, car liée à des souffrances physiques. La mort est en fait une drogue, dont nous sommes tous addicts. Une drogue qui nous empêche de dépasser la pensée, au-delà de la pensée réside la vie.

80
Regarde le monde comme un enfant et tu ne connaîtras pas l'ennui.

81
Il survole sa ville de nuit. Les lumières des lampadaires, des voitures se baladent lentement dans l'obscurité. Tout est calme, rien ne fait de bruit, vu de haut tout paraît très lent. Son esprit divague, il pense à son taxi, calcule le prix qu'il va probablement payer, il a des billets dans sa poche droite, il tape dessus. Une petite secousse le ramène à la réalité. Il n'aime pas atterrir, il regarde droit devant lui. Les roues

touchent le sol, l'avion perd de sa vitesse, des bruits résonnent, une voix. Tout d'un coup, tout le monde se lève. Il n'aime pas cette manie qu'ont les gens de se lever alors que tous savent qu'il faudra patienter quelques minutes avant l'ouverture des portes. Il regarde par la fenêtre, un petit homme orange à la peau tannée se déplace, fait des signes. Il fait humide dans cet avion, son T-shirt lui colle légèrement à la peau. Il a hâte d'être à l'hôtel, il pense à sa douche. Enfin les portes s'ouvrent, il patiente le temps que tous les passagers soient sortis avant de se lever. Il aime bien sortir en dernier de l'avion, ça lui donne la sensation d'avoir vécu quelque chose, même s'il se doute que ce n'est pas le cas. Les sourires des hôtesses de l'air sont trop forcés pour qu'il arrive à y répondre avec sincérité. A l'extérieur une drôle d'odeur vient lui chatouiller les narines, les aéroports ont toujours une drôle d'odeur. Il continue son chemin vers un ailleurs où nous n'irons pas, il le fait mollement, presque tristement.

82

Un homme qui parle trop est toujours écouté par des sourds.

83

Un enfant demande à sa mère : "maman quand on meurt, c'est comme quand on dort". La mère répond

"Non, regarde, ton père dort tout le temps et je n'ai toujours pas d'héritage".

84

Je suis perdu. On m'a dit qu'il fallait travailler dur pour réussir. Mais réussir n'est-ce pas ne pas travailler dur ?

85

Elle m'a dit de lever la main avant de me mettre à parler depuis je n'ose plus rien dire sans avoir les doigts vers le ciel. Je lui avais répondu "oui maitresse" et elle m'a souri. Lever les doigts, c'est rendre les autres joyeux, ou au moins ne pas se les faire taper.

86

L'agitation. Lorsque le lac se transforme en mer agitée, les vagues frappent le sol de leur masse aquatique puis reviennent vers leur source avant de repartir à l'assaut d'un monde impossible à conquérir. Les vagues se fâchent, demandent plus, se fracassent sur les rochers, explosent. Elles forgent le décor, creusent les corps de ses voisins, les détruisent un à un. Mais sa quête est inutile, comme la branche d'arbre qui ne peut fuir son tronc, la vague ne peut fuir sa mère. Après quelques temps, elle oublie qui elle est, elle oublie sa source. L'action prend le dessus sur l'être, le noie. Sans action, le vide s'installe, les vagues ne sont plus plaisirs mais nécessité. La mère le gronde de revenir à la maison mais l'enfant repart toujours plus mécontent.

87
J'aime bien la fumée, la matière qui permet de voir les vents invisibles.

88
Les royaumes éloignés de la cité centrale étaient en proie à la panique. Un hiver gelé, un été sec, la nourriture manquait cruellement. On voyait la faim se répandre et la colère montait. Un homme vêtu de blanc présenta ses craintes au Roi. " Mon roi, le peuple a faim, la colère gronde, notre continent est fragile". Le jeune Roi n'avait jamais connu la faim, mais le mot "fragile" lui déplaisait, il voulait être fort. Pourtant il ne prit aucune décision, de peur que ce soit la mauvaise. Le temps s'écoulait et avec lui, le sang des nobles et des princes. Le peuple ne criait plus, il tuait en silence. Les forces armées s'étaient retournées contre leur Roi que la mort vint cueillir. Tout le continent est aujourd'hui plongé dans le chaos et on peut voir à l'horizon les navires ennemis prêt à bondir sur l'animal affaibli.

89

Tous les ans à Cannes, des gens du cinéma se remettent des prix. Ils sont heureux de les recevoir. Ils en pleurent parfois, comme si cet objet était le fruit d'une entité divine. Leur ego est en émoi, ils se sentent aimés par leurs pairs. En échange de cet amour, ils se doivent face aux applaudissements du public de prononcer quelques mots forts. La plupart se prennent au jeu. Mais de temps en temps, un gagnant, se contente de dire merci et s'en va. Ce gagnant ne reçoit pas à sa sortie autant d'applaudissements que les autres. Ainsi est pourtant l'amour véritable, celui qui accepte de tout donner pour ne rien recevoir.

90

Il m'a dit "à demain". Et moi j'ai répondu "passe une bonne journée".

Il m'a dit "ça va bien ?". Et moi "oui, et toi ?"

"Bon week-end". "toi aussi"

Il y a des échanges qui ne veulent rien dire. Des balles qu'on lance d'instinct.

Une partie de ping-pong où personne ne sait qu'il joue, à laquelle on se lasse la raquette à la main. On peut pourtant trouver dans les mots de chacun de nouvelles couleurs encore inexplorées. On peut peindre des visages avec des contours flous, s'étonner de tous, tout en ne doutant de rien.

91

Qui suis-je ? La question ne m'a jamais effleuré l'esprit. Elle est trop lourde pour les maigres bras de ma pensée, trop encombrante. Certains se la posent, se noient dedans. Ils aiment se raconter, aiment leurs histoires même les plus tristes. Ils collent des mots sur leur visage, leur corps en est rempli, quand il n'y a plus de place ils en déchirent et recommencent leur quête de vocabulaire. Certains mots sont durs, ils les ont pourtant collés fièrement, leur amour pour la tristesse n'a pas d'égal. Ils se sont soigneusement déchirés pour mieux exister. Le bien-être est ennuyeux, fade et pourtant chacun fait semblant de vouloir l'atteindre. La question n'est plus qui suis-je ? Mais comment puis-je être ? Et la réponse est sur toutes les lèvres, elle est lourde à porter, encombrante. Je ne peux être qu'en souffrant.

92

La tornade emporta son corps en dehors de la zone C41, là d'où nul ne peut revenir. En reprenant connaissance, ses yeux découvrirent des plaines de sable fin. Sous son habit de protection, sa peau suait abondamment, il perdait beaucoup trop d'eau. Impossible de joindre le centre de communication ou de lui révéler ses données GPS. La situation était critique. Il s'assit, respira lentement pour reprendre ses esprits, se calmer. Mais même calme, les solutions ne vinrent pas à lui. Il se mit à penser à sa mort, à s'imaginer qui en serait le plus affecté. La zone dans laquelle il se trouvait n'avait pas connu la présence d'un autre homme que lui. Comme 94% de la planète, on lui avait donné le simple nom de Zone Rouge. Son énorme gant ne lui permettait pas de sentir le sable se glisser entre ses doigts, pourtant assis en tailleur, il remuait le sable de sa main droite. Enfant dans un bac à sable. Après seulement quelques heures, il se décida à vider son casque d'oxygène et mourut instantanément. C'est une époque où la mort n'effraie plus les hommes comme elle pouvait le faire du temps de la planète bleu.

93
Les mots ne sont pas faits pour décrire ce qui est mais aussi pour imaginer ce qui n'est pas.

94
Les trois derniers textes ont été écrits en écoutant Spark & Ashes de The Blaze.

95
"L'éléphant d'Afrique peut peser jusqu'à très lourd et mange énormément. Leur trompe, regardez leur trompe. Ici ils sont très nombreux, mais ailleurs ils sont moins nombreux. Si vous en voyez, ne bougez pas, si vous n'en voyez pas, peut-être qu'eux vous voient, donc ne bougez pas. Je peux prendre des photos pour vous mais une petite pièce dans la poche ça fait toujours plaisir."

Pierre regardait Anne, ils avaient lu dans Lonely Planet "La visite est effectuée par un guide enthousiaste et expert". Salopard de Lonely Planet.

96
Être féministe, c'est être chiante plus souvent que la normale.

97
L'imagination est sans limite. Mais les hommes en ont plein.

98
Mes yeux se posent parfois sur le ciel. Il est bleu, des nuages diffus le chevauchent en tous sens. A la fin de la journée, il a une belle couleur rose, jaune, les nuages en sont remplis. La nuit, il est noir, profond. Jamais il ne laisse mon regard indifférent et pourtant je le scrute rarement, préoccupé seulement par ce qui s'y passe en dessous.

99
Mon bras est plein de tatouages éphémères, d'ombres.

100

"Tu as vu comme ils sont gros ces gigots d'agneau" " ils sont énormes, Enormes", "Tu as déjà vu des gigots aussi gros, toi ?".

Marie était enthousiasmée par les gigots du boucher, son mari...moins. "Oui, ce sont des gigots quoi, rien d'exceptionnel". Le boucher était heureux d'entendre l'enthousiasme de Marie et de répondre " Hé oui ce sont de belles bêtes, avec des oignons et du vin rouge, c'est une merveille". Le mari sentait bien que le boucher allait essayer de refourguer ces satanés gigots d'agneau à sa femme. Il n'avait pas tort. Le boucher commença une phrase qu'il ne finit pas " Ah madame des gigots comme ça demain je n'en ai plus et d'ailleurs il faudra surement attendre trois mois avant

d'en…" S'il ne finit pas sa phrase c'est parce que le mari de Marie, qui se nomme Joseph, venait de monter sur le comptoir et semblait faire de son mieux pour imiter un cochon. Tout le monde le regardait faire. Après quelques secondes, il redescendit du comptoir et profita de l'immense silence pour dire " Tu veux un gros cochon et bien tu l'as et en plus il t'aime bien", " Allez, Marie, on se casse". Ils sortirent de la boucherie et pour une raison ou une autre Marie était fière de son mari, elle lui dit même "Tu leur as fait un sacré numéro" " gros cochon". Qu'il aille se faire voir les gigots du boucher.

101

Chez moi, il y a une fleur. Elle est rouge et jaune, de forme ovale. En ce moment, elle s'ouvre tous les jours un peu plus. Elle m'effraie. Je la vois étaler ses pétales vers le ciel et, pour une raison que je ne saisis pas, cela me fait peur. J'ai la sensation de ne pas contrôler cet individu que j'ai invité chez moi, à qui j'ai offert un verre d'eau et du temps. Je vois en elle un monstre venu d'ailleurs, ce n'est pas une vulgaire fleur. Je la vois freiner sa croissance quand je la surveille, cacher sa force à mes yeux. Elle veut paraître faible, mais elle n'attend qu'une chose, que mon attention baisse pour surgir dans la nuit et m'absorber dans mon sommeil.

102

Concentré. Je reste concentré. Chacun de mes mouvements physiques et psychologiques sont observés, je maintiens un lien étroit avec moi-même. Centré sur moi-même, sur un con, concentré.

103

La réalité est loin d'être ennuyeuse. Tout, en étant regardé sous un angle nouveau, est follement beau.

104

La beauté n'existe pas, elle est créée par le regard.

105

J'aime beaucoup les êtres humains. Je vois la lumière dans les plus mauvais d'entre eux. On me dit que c'est une erreur, qu'il faut donner du bonheur seulement à ceux qui sont bons. Mais la bonté comme la pluie tombe sur tous, elle ne choisit pas. Autrement ce n'est plus de la bonté, c'est un simple échange. C'est un "donnez-moi un sourire, je vous le rendrai". C'est une arnaque monumentale. J'aime beaucoup les êtres humains, pas parce qu'ils peuvent me donner beaucoup, mais parce qu'ils peuvent recevoir énormément sans en être dérangés. Au départ, ils se disent "cette personne me donne bien des choses, je vais devoir travailler dur pour le lui rendre" puis ils s'abandonnent et se laissent noyer par ce que je leur offre. Alors seulement ils respectent leur nature d'être humain. Aujourd'hui, ils prennent mes arbres, mes fruits, mes animaux, mes ressources sans même penser à rendre. Cela ne me dérange pas, mais il viendra un jour où mes bras seront vides et je sais qu'alors, ils me haïront.

106

Le matin, je m'agenouille sur le sol froid de ma chambre. Mon pied gauche est posé sur le sol, mon genou droit également, mon bras droit est posé sur la cuisse de ma jambe gauche, mon bras gauche est orienté vers le sol, son poing serré écrase la terre. Ma tête regarde l'horizon, mes yeux sont fermés. Je suis le seul être humain sur terre, ce corps que je porte est immense, c'est une montagne de chair léguée par les dieux. Je les remercie, leur assure que je prends soin de leurs présents. Je me relève, lentement comme une montagne. Mon visage est sévère, paisible ; tout, autour de moi est plus petit. Je regarde le soleil qui se lève, d'une main, je le recouvre entièrement avant de le saisir avec douceur. Sa chaleur entre mes doigts est douce, je l'éclate d'un mouvement brusque du poignet. Un liquide jaune sort de ce qui était une sphère, je le mets dans ma bouche, du miel chaud. J'allonge mon corps sur la terre, laisse ma respiration faire gonfler mon ventre, je m'endors. Demain je m'agenouillerai à nouveau.

107

Je déteste l'orthographe. J'aime mes mots à moi, me fous de savoir si quelqu'un les écrit autrement. Le mot n'est pas fait pour être écrit, il est l'avant acte. Un acte n'a pas besoin d'orthographe.

108

Tu tapes drôlement vite sur ton ordi. On dirait que mille fourmis tombent sur ton clavier. Elles se débattent, se chevauchent pour atteindre le point final.

109

Penser que l'on connait quelqu'un est une erreur. Cette personne ne se connaît pas elle-même parfaitement, comment pouvez-vous la connaître mieux qu'elle-même.

110

C'est mon opposé, elle vit dans le passé, je l'oublie. Elle accorde de l'importance à ce que je ne vois même pas. Elle est solide, je suis liquide. Mais il faut bien que l'eau se déverse dans un verre. Son verre est vaste, elle me montre ses facettes, accompagne mes mains pour mieux caresser ses pensées. Je me laisse aller, je l'écoute sans me freiner, je m'oublie pour m'imaginer elle. Nos désaccords s'estompent en quelques secondes, il n'y a pas d'ego, seulement une volonté d'avancer.

111

On pense qu'il faut faire quelque chose tous les jours. C'est faux, il faut savoir ne rien faire, alors l'acte a du sens.

112

J'aime quelqu'un. Qu'est-ce que cela signifie ? Si je creuse le fond de mes pensées, je vois que cet amour n'est qu'intérêt. Cette personne a un intérêt pour moi, elle peut m'apporter quelque chose que j'apprécie. A présent je veux que cette personne ne donne qu'à moi ce qu'elle peut offrir. Si elle le donne à quelqu'un d'autre, je lui en voudrais, tout doit être pour moi. Toute l'eau qu'elle contient doit couler dans ma bouche, pas une seule goutte ne peut tremper un autre sol. De même pour cette personne, je lui offre le droit de posséder toute mon eau. Malheureusement je ne peux pas consommer la quantité d'eau fraîche contenue dans cet être, je lui demande donc de produire moins d'eau. De produire uniquement l'eau que je peux boire, celle que j'aime boire. Cet être va devoir se déshydrater pour moi, mon amour lui demande de souffrir, de se diminuer.

Est-ce qu'aimer quelqu'un c'est lui demander d'être moins que ce qu'elle est ? Bien sûr que non. Aimer quelqu'un, c'est l'aider à produire toute l'eau qu'elle peut produire. C'est lui donner accès à une production énorme de liquide, plus qu'elle ne pensait pouvoir créer. Cette eau parce qu'elle est à présent produite en grande quantité peut éclabousser un grand nombre de personne, parmi lesquels l'être aimé.

113

Un grand homme demande à un plus petit s'il peut attraper un fruit sur une branche d'arbre qui est totalement hors de sa portée. A sa grande surprise, le petit homme lui répond que oui. Le grand homme le regarde, s'attendant à ce que le plus petit se mette à grimper à l'arbre ou au moins à sauter, il n'en fait rien. Il lui demande ce qu'il attend ? L'autre l'oblige à patienter. Après 3 semaines, le fruit bien mûr tombe de l'arbre directement dans la main du petit homme. Celui-ci croque dedans en souriant.

114

Un homme lève la tête au ciel et hurle "Dieu, pourquoi suis-je sur terre !?". Pas de réponse. Le lendemain il saute d'un pont et meurt. Son âme monte au ciel et atterrit en face de dieu. Il lui demande "pourquoi n'as-tu pas répondu à ma question ? Pourquoi m'as-tu poussé à bout ?" Dieu lui montre son emploi du temps et lui dit "Regarde hier à 14h30, j'étais en rendez-vous avec Jeremy Cohen"

115

Tout est blanc au paradis. Absolument tout ? Oui tout. Et si un homme de couleur a fait le bien, il ne peut pas aller au paradis ? Si mais il y devient blanc, un ange blanc. Mon dieu, les anges n'ont pas le loisir d'être raciste. Et on appelle cela le paradis.

116

La connaissance qui est l'accumulation d'informations est inutile. Chaque situation étant différente, il est impossible de créer l'algorithme de la réalité.

117

Le vautour a fait de la mort son allié. Il tourne autour du cadran de l'horloge avant de plonger son bec dans la chair blanche. Le sang qu'il avale a le goût amer d'une fin obscure. Sa tête pivote à droite, à gauche, dans un paysage sans droite, sans gauche. Ses petites pattes acérées, rebondissent sur un trampoline imaginaire. Il prend son envol, soulève sa lourde carcasse vers un ciel qui l'accueille les bras ouverts.

118

Je tourne autour du point sans jamais y rentrer, j'ai trop peur d'y être à jamais enfermé.

119

J'ai regardé la lumière qui traverse ma vitre. Elle me montre des centaines de poussières invisibles qui dansent dans un vent que seules elles ressentent. Il y en a tellement que j'imagine mon corps couvert de millions de poussières. Un bonhomme de poussière qui, à chaque pas, provoque derrière lui une fine trainée d'étoiles. La poussière s'envole, descend puis fait des cercles sans jamais réellement savoir où elle va. Elle frôle tous mes meubles, s'accroche à mes T-shirts, se faufile dans ma vie en toute discrétion. Parfois elle me salue perchée en haut d'un meuble, entourée par les siens, elle peint mes murs en blanc.

120

Il suffit de peu pour me faire sourire. Un regard échangé avec un inconnu, le retour d'un souvenir perdu, un alcool trop bu. La souffrance s'invite rarement dans mes pensées, animal dompté devenu minuscule.

121

Le temps passe lentement quand on est dans l'attente. Car les yeux veulent voir ce que l'esprit a vu. Ils crient sans cesse, petits oisillons en attente de leur nourriture. Le temps passe vite quand les yeux voient ce que l'esprit ne leur a pas montré. En fait ce sont les yeux des hommes qu'il faut rassasier pour que leur vie ne soit qu'une seconde, que le temps s'emballe, que la fin tombe juste après le début.

122

L'année 3458 a vu l'émergence de l'homme tel que nous ne l'avions jamais connu. La découverte d'une nouvelle population ennemie a poussé l'humanité dans ses retranchements. Un vaste politique d'armements a rapidement transformé l'homme en bête. La survie de l'espèce devait nécessairement passer par son déclin. Partout sur les planètes occupées, on constatait une montée des pensées les plus radicales, l'homme devait tuer des hommes avant de se retourner vers ses ennemis. On se prépare au goût du sang en le faisant couler. Ainsi naquirent les agents noirs. Des boules de chair, de fer, de câble qui avaient passé la frontière du vivant pour plonger dans celui du mort. Des bêtes conditionnées à ne remplir qu'un objectif, détruire.

123
Ouzbeck Erica

124
Après Août, après août, après août. Moi je le ferai après août. Pour le moment je regarde le ciel.

125
Mets de la distance avec toi même. Tu verras c'est facile. Quand on regarde quelque chose de loin, il paraît toujours minuscule. Comme les passants devenus fourmis grâce à la hauteur de ce long building américain. Comme cette voiture rouge, un petit point grâce à cette énorme montagne russe. Regarde-toi par les fenêtres d'un hélicoptère. Tu feras vite le tour de tout ton univers. A la fin de la balade, tu ne voudras plus atterrir, ajoute de l'essence dans ton engin.

126

Je peux écrire des trucs sans sens. Mes lecteurs en trouveront un. Ils sont persuadés de mon intelligence, ils la trouveraient même dans une phrase vide de mots.

127

Il y a deux hommes en bas de chez moi. L'un démolit ma porte à coup de hache, l'autre patiente avec un flingue à la main que son ami finisse son travail. Je les regarde suer pour moi, placer entre mes deux yeux le bout de fer qui se trouve dans le chargeur encore froid du deuxième homme. Pour que les choses aillent plus vite, je descends calmement les marches de l'escalier et me dirige vers la porte à moitié détruite. Le premier homme en me voyant pousse un cri de cochon, le second, surpris par ce bruit de mammifère rose, tire un coup de feu dans ma direction. Hélas, entre moi et lui, il y avait la tête du premier homme qui explose comme une pastèque bien mûre. Des morceaux de pastèque salissent mon pantalon de pyjama et mon palier. Le corps de l'homme s'effondre comme une merde. Le second homme est au bord des nerfs, il semblait être attaché à celui à qui il a fait exploser le crâne. Il saute par-dessus son ami, glisse sur le sol (jus de pastèque) tombe lourdement sur son œil droit et atterrit sur une énorme écharde de bois qui était il y a quelques minutes une partie de ma porte. Il meurt sur le coup. Je lui prends son arme et me tire un beau morceau de fer entre les deux yeux avec une dernière pensée pour ma gardienne d'immeuble, Paoléta.

128

Cette montagne est si haute que des hommes y attrapent des avions au l'asso.

129

Une vérité est toujours bonne à prendre. Un mensonge doit être considéré.

130

Le courant d'eau avait magnifiquement façonné la roche, la rendant lisse, brillante. Le temps ne peut que créer de belles choses lorsque la manière compte plus que les conséquences. L'eau fraîche, transparente se jetait d'une pierre à une autre, libérant quelques amas de bulles d'air sur son passage. Le bruit de l'eau qui rentre mollement dans l'eau, un son éternel, d'une incroyable douceur. Le regard se perd dans les rayons de soleil que la rivière reflète, les pensées se calment et lentement le corps plonge dans l'eau qui l'avale sans jamais le recracher.

131

J'ai laissé le gamin casser le château de sable. Je n'ai pas fait le château, je n'ai pas fait le gamin.

J'étais juste allongé à regarder les vagues, à sentir le soleil. J'ai vu le château de sable, je l'ai trouvé moyen. Mais quand ce gamin a mis ses pieds dedans en criant, en riant, ça m'a fait mal au cœur. J'ai eu envie de crier "Hé gamin, casse-toi !", mais bon je n'ai pas fait le château...En sortant de la plage, j'ai regardé les restes du château. Il était plein de doigts de pieds, les pieds de l'enfant salaud. J'ai suivi les pas qui de deux sont passés à six. J'ai trouvé le gamin, il courait sur la plage. Ses parents allongés comme deux vaches sur une serviette. Je me suis avancé vers l'enfant mauvais et par inadvertance, sans vraiment le vouloir, je l'ai poussé doucement. Il est tombé au sol. Mon regard lui a dit " ça c'est pour le château" et le sien se trouva noyé sous les larmes. Les larmes du méchant qui fait face à plus grand. Je n'ai pas fait le château, je me suis fait le gamin.

132
Elle s'est perdue dans la tête. Trop de pensées confuses finissent par transformer ses yeux en minuscules orifices. Elle se regarde sans arrêt, minuscule créature, obnubilée par sa petite personne. Elle ne fait pas le poids, sur elle une vague de mots sans sens s'enfonce. Elle me dit c'est dur, je lui dis c'est mou. Ses pensées sont pleines d'air, je les perce d'un coup et pouf tout devient léger. Elle voit le soleil sur sa peau l'été.

133

J'ai vu la lumière sur le dos de ma main. Je l'ai retournée. La lumière est à présent sur ma paume. Elle se déplace si vite.

134

Les gens heureux ne détestent personne, c'est détestable.

135

L'écorce d'un arbre, c'est du bois qui se chevauche, une bataille pour la survie. Passez vos mains dessus, vous sentez que la guerre y fait rage. La conquête de nouveaux territoires, le tronc en demande plus, il s'élargit. Le tronc d'un arbre est plein d'une violence naturelle sans laquelle rien ne serait.

136

L'eau est transparente et pourtant quand on regarde au travers, on découvre un nouveau monde.

137

Je m'entraine à voir dans le noir. J'éteins les lumières, ouvre mes yeux et patiente. Rapidement des formes m'apparaissent, mes yeux refusent de rester ouverts sans me rendre service.

138

Les opinions cachent des faiblesses, les colères sont des boucliers, les larmes sont une vérité que seul l'homme en paix voit couler sur ses joues.

139

Le regard des hommes est abêti par leurs pensées. Ils ne semblent rien voir de leur monde. Leurs 5 sens sont distraits par les images de l'esprit. Après des années, ils se disent que tout est passé si vite, alors qu'ils sont passés à côté de tout.

140

Attractivité terrestre : Fait que lorsque tu lances un vase en l'air, ta mère t'engueule.

141

Quand je trépigne, que mon cerveau fait des vrilles comme une mouche face à une vitre, je souffle et ça me calme. Quand ils chantent et crient, qu'ils mettent face à moi un gâteau et des bougies, je souffle et ça les calme. Quand mon corps court, sautille, que mon cœur fait trop de bruit, je souffle et je me calme. Quand je suis allongé sur le lit, que mon corps me dit c'est fini, je souffle et je me casse.

142

Un homme, un bébé qui ne sais plus respirer par le ventre.

143

Le sage est un ignorant qui peut répondre à toutes les questions.

144

J'ai du mal à ne pas aimer quelqu'un. Je trouve que même les salauds ont un côté sympa. Je trouve ça sympa le fait qu'il y ait des salauds. Les salauds sont assez drôles, leurs colères sont assez molles, leur visage crispé cache certainement des sourires. Je parle bien avec ces hommes, je leur laisse me montrer leur colère, banalise leurs pensées extrêmes. On peut les pousser à bout d'eux même, leur montrer qu'être un salaud, c'est être minuscule. Mais eux ils ne voient rien, un salaud reste un salaud, un homme affaibli qui ne peut plus sortir de son personnage.

145

Si chaque acte est bien réalisé, sans se soucier du résultat. Alors le résultat sera bon.

146

Un jeune homme en quête d'aventures partit à la conquête du sommet d'une montagne. C'était un homme aguerri, avec une volonté de fer, un de ceux qui ne lâchent rien. Sa quête de sommet dura des mois, il marchait de jour comme de nuit, n'accordant à son corps que quelques heures de repos. Ses yeux ne purent jamais apercevoir le sommet de cette montagne caché par les nuages, seule son imagination pouvait l'entrevoir. Ses jambes devenaient lourdes, son sac se vidait de toute nourriture, sa barbe était saisie par les assauts de la glace. Il était à bout. Après une période de temps méconnue de tous, son corps décida de s'effondrer à la grande surprise de son esprit. Il y disparut sous la glace. La mère de la montagne gronda son fils "Pourquoi n'as-tu pas laissé ce jeune homme atteindre ton sommet !", le jeune fils lui répondu "il aurait été déçu de le voir si bas, maman".

147

Le soir, je ferme les yeux et me raconte des histoires. Je les enchaine, je vais le plus vite possible. Mon esprit va d'un personnage à un autre, affine les détails, peaufine cette fausse réalité. Quand je rouvre les yeux durant un court laps de temps, mon esprit pense être dans une nouvelle histoire, mais cette histoire est si lente, qu'il devine vite être dans la réalité.

148

Je viens de mettre un numéro à chacune de mes histoires. J'en suis à 147. C'est joli à dire 147, c'est plein de rythme, sans être trop brutal.

149

Amoindri par mes sentiments, je m'y défais en changeant d'air. Celui que je respirais était plein de l'autre, celui-là est plein de vide. Si on me lance dans une cage avec un animal sauvage, je crie, je hurle pour le convaincre que je suis le danger. Si on me lance dans mes pensées, je fais silence pour les convaincre que je suis en paix.

150

Notre monde tourne lentement autour du soleil. Chaque planète fait de même, chacun à son rythme tourne autour de l'astre lumineux. Dans les autres galaxies, la même danse envoûtante s'opère. Tout l'univers tourne autour de la lumière. La lumière est leur point d'appui, lorsqu'elle disparaît, elle emporte avec elle ses partenaires de danse, les emmène virevolter dans l'obscurité. Mais ici personne ne semble vouloir dormir, il fait toujours jour, la boite de nuit reste ouverte.

151
Toute certitude cache une peur.

152
Les gouttes d'eau tombent du ciel. Elles se rassemblent en maison à poisson. Elles remplissent les tomates de jus et coulent des lavabos en rang serré.

153
Le football est un sport dans lequel il faut mettre un ballon dans des cages. Le basket, un ballon dans un panier. Le rugby un ballon dans une surface. La montgolfière, le ballon dans les nuages.

154
Un sous-entendu, c'est lorsque vous ne dites pas quelques choses mais vous le rendez tout de même compréhensible à votre interlocuteur. Par exemple " tu as aimé mon poulet aux olives" réponse "Mouais". Un sur-entendu, c'est lorsque vous dites trop ce que vous pensez. Par exemple "tu as aimé mon poulet aux olives" réponse "Une horreur, tu as torturé ma langue avec cette merde".

155

J'ai une amie qui cherche le bonheur avec beaucoup d'assiduité. Ainsi, elle suit des gens sur Insta pour savoir comment bien manger et bien penser. Elle fait du yoga pour être bien dans sa peau. Elle lit des livres sur la confiance en soi. Elle mange des gélules pour bien digérer. Elle fait de la méditation deux fois par jour. Elle fait des formations pour obtenir un travail qu'elle aimerait. Mais tout cela l'empêche terriblement de prendre le temps d'être heureuse.

156

La plupart du temps je laisse mon cerveau tourner, sans chercher à l'orienter dans une direction ou une autre. Je dépose le petit bateau en papier sur le courant et regarde où il va jusqu'à le perdre des yeux. Bien souvent il est broyé par une vague, je prends alors une nouvelle feuille de papier et en fabrique un autre.

157

Mais oui, monsieur bien sûr que ça marche très bien sur les tâches de gras. Regardez, je mets un peu d'huile sur ce pull blanc, un petit coup de Cleaning 2000, je le plonge dans l'eau, pas plus de quelques secondes et voilà votre pull est comme neuf. Et pour vous, madame quand les enfants rentrent à la maison avec de la boue sur les genoux vous n'avez plus à faire une scène, un coup de Cleaning 2000 et le tour est joué. Alors venons-en à votre portefeuille. Un Cleaning 2000 avec sa brosse c'est 15 euros, et un Cleaning 2000 avec sa brosse c'est 20 euros. Mais vous me direz, pourquoi l'un est à 15 euros et l'autre à 20 et bien au lieu de vous poser la question prenez celui qui est à 15 avant qu'il ne me reste plus que ceux à 20 euros. C'est ceux qui réfléchissent le plus qui agissent en dernier, n'est-ce pas Messieurs Dames. Alors c'est parti bras tendu et on se lance.

158

Moustapha, de par son nom et sa couleur de peau, voit son CV passer de mains en mains et finir dans des poubelles et des poubelles. Le racisme gâche bien du papier et tue des arbres en abattant l'espoir des hommes.

159

Aujourd'hui, il y a les écrans tactiles. Si vous n'en avez pas un à moins de deux mètres de vous en ce moment, vous êtes un arriéré ou un sage. Mais demain, l'effort que vous ferez pour attraper votre téléphone, composer votre code, taper dessus et chercher vos informations sera perçu comme totalement absurde. Demain, nous aurons des informations à portée de pensées. Il suffira de penser à une vidéo, une information, une carte géographique pour la voir. Dans ce monde où ce qui est et ce qui n'est pas deviendra indivisible, notre perception de la réalité sera bouleversée. Un bouleversement qui frappera des notions aussi basiques que celles du temps et de la matière. Le temps actuel se juge par le regard, l'œil voit que le soleil se couche, que la lune apparaît, que les arbres sont en fleur. Mais le regard du nouvel homme verra ce qu'il veut voir, du soleil, des plages et des peaux bronzées. Son corps se scindera de son esprit. L'un plongé dans un fauteuil, l'autre volant à la vitesse de la lumière. Cette division élémentaire le conduira à sa perte. Mais comme tout animal acculé vers sa fin, l'homme puisera dans ses ressources pour faire machine arrière et redevenir l'homme fort qu'il était autrefois, l'homme que nous sommes aujourd'hui.

160

Au-delà du corps et de l'esprit qui ne sont que le produit de ce que l'on mange et ce que l'on pense, il y a autre chose. Cet autre a été appelé âme, faisant ainsi peser sur cette entité, une notion religieuse inutile. Cette troisième entité se met dans la lumière lorsque les deux autres sont plongées dans l'obscurité. Le corps et l'esprit craignent le silence car celui qui les porte pense qu'elles sont lui. Cette crainte infondée en s'effaçant peut permettre l'accès à la plénitude.

161

Il a parcouru le monde, son blog le montre bien. Tous les continents ont été visités, plus de 60 pays, des millions de kilomètres parcourus. Mais aujourd'hui en postant quelques photos, il jeta un œil par curiosité à son premier article rédigé il y a plus de cinq ans. Il y avait écrit qu'il partait trois mois au Népal en mission humanitaire. Trois mois au Népal se sont transformés en cinq ans partout. Trois mois au Népal pour fuir un travail qu'il n'aimait pas. Mais l'homme qui fuit est un homme aveugle. Celui qui court pour sauver sa vie ne voit pas les paysages qu'il traverse, il cavale le souffle court, les jambes en feu. Cinq ans de fuite, et c'est vrai, il n'a rien vu et son agresseur est toujours à ses trousses.

162

Mettez un homme sur un trône, donnez-lui un pays, il en voudra plus. Donnez-lui un continent, il demandera le monde. Offrez-lui le monde, il se battra pour avoir le reste. Donnez-lui tout. Il ne sera pas exactement ce qu'il désire mais il le chassera sans relâche.

Prenez à un roi son Pays il vous saura gré si vous épargnez sa vie. Pour rendre un homme heureux, ne lui donnez pas, prenez-lui.

163

Sur le sable, face à l'océan, ils avaient fait un feu. A partir de bois secs, naissaient des flammes jaunes, oranges et rouges. Sans prévenir, le bois crépitait, lançant dans le ciel de minuscules crachats de feu. Chacun regardait le bois se consumer sous leur yeux, allongés confortablement, la tête appuyée sur un pull ou un sac à dos. A la fin les flammes s'étaient immiscées dans les branches de bois les plus épaisses, chaque branche gardait dans son ventre une douce chaleur. Autour d'elles, les cendres noires les regardaient sans aucune jalousie, appréciant les efforts de leurs congénères. Ce matin, sur la plage il ne reste plus que des formes noires sur le sable brun qui finiront par être emportées par le vent.

164

Le Far West, ce sont des combats au pistolet, des shots de whisky, des cavales à cheval. La ville, ce sont des combats par commentaire Facebook, des bières dans des gobelets en plastique, des métros bondés. Moins fun.

165

Le jour où les cours de récré ne résonneront plus de cris des enfants, les problèmes viendront.

166

Savez-vous de quoi est composé un chewing-gum? Non, hé bien je vais vous dire. Un chewing-gum c'est 20% de gomme de base, 20% de sirop et 60% de sucre glace. La gomme de base c'est des élastomères, des cires, des charges minérales, un antioxydant et enfin des résines. Beaucoup d'éléments qui permettent à cette gomme de ne pas se dissoudre dans la salive et de s'imprégner facilement aux éléments que l'on va ajouter. Pour ce qui est du sirop c'est majoritairement du sucre avec de l'eau et 1% d'arôme puis un autre de colorant. Mais la majeure partie de votre chewing-gum c'est du sucre glace qui peut être remplacé par de l'aspartame pour le chewing-gum sans sucre. Voilà, donc pour résumé un chewing-gum c'est beaucoup de sucre et de la gomme, bonne dégustation.

167
Si on observe les pigeons, on peut voir qu'ils ont tendance à voler au-dessus des rues et pas au-dessus des immeubles. Explication personnelle : Il y a plus de chose à manger sur les trottoirs que sur les toits.

168
Je regarde un Tupperware en plastique. C'est plutôt joli, la lumière étincelle sur le couvercle, sa forme est douce, sa transparence énigmatique. A quoi bon faire autre chose que regarder un Tupperware ? J'ai des tonnes de chose à faire, là n'est pas la question mais bon je pourrai m'en passer alors que ce Tupperware... N'y tenant plus, je le prends et le jette par la fenêtre, ce Tupperware me rendait fou. Mais après quelques minutes, je regrette amèrement mon geste et me voilà

dévalant les escaliers en quête de l'objet perdu. Je le retrouve sur le trottoir, il est en parfait état. Je commence alors à m'excuser pour mon mauvais acte, il me pardonne, les tupperwares ne sont pas rancuniers. Je le dépose gentiment sur ma table de chevet, sa présence me fait un bien fou. Avant de dormir, je lui ai chanté une chanson, je chante mal mais il fallait qu'il comprenne combien je tenais à lui. Cette nuit-là je ne dors pas, j'ai peur que l'on me vole mon Tupperware, qu'il s'évapore. Je le mets sous mon oreiller, ce n'est pas confortable. Je le colle contre mon cœur et pleure en silence, je ne sais même pas pourquoi. Pendant les 2 mois suivants, je souffre affreusement, je sens que mon Tupperware attend de moi quelque chose que je ne peux pas lui donner. Je suis une merde, une horrible merde. Je n'ai pas un assez bon boulot pour combler tous ses désirs, la soie dans laquelle il dort n'est pas assez douce, la voiture dans laquelle je le promène est sale, nos jeux sont futiles, il mérite tellement mieux. Je suis perdu sans lui, quand je ne le vois pas ça me tue. Mon cœur me fait mal, j'explose de l'intérieur. Je vais voir un psy, deux fois par semaine. Ce con ne comprend rien, j'arrête les séances après deux semaines. Mon Tupperware me regarde me battre mollement pour lui, je lui fais de la peine, je suis atroce. J'en peux plus, je n'ai pas fermé l'œil depuis des mois. Je suis au fond du gouffre. Dans un excès de folie, je jette mon Tupperware par la fenêtre, 30 secondes plus tard je dévale les escaliers.

Voilà une histoire peu commune, un homme rendu fou par un Tupperware. Et pourtant remplacez le tupperware par un homme, une femme, un enfant, un travail etc et vous verrez que cela se rapproche méchamment de la réalité. Qu'est ce qui rend cet homme fou ? Est-ce le Tupperware ? Non c'est juste un Tupperware. Est-ce l'homme ? Oui enfin pour être plus précis, les pensées de cet homme. Ses pensées se sont mises en ordre de bataille à la conquête d'un objectif ultime ; La quête de l'amour du Tupperware. Cette formation groupée n'a pas mis beaucoup de temps à se former, quelques jours ont suffi. Après cela, dur d'arrêter ce joli régiment.

169

On peut fabriquer des centaines d'histoires, des milliers de contes, mais rien n'est plus fou que la réalité. Les arbres mangent du soleil, les atomes sont stables et pourtant nous nous distrayons de mots bien alignés.

170

Le cheval sauvage chevauche les plaines d'Iran. Sa sombre crinière capte les rayons du soleil. Son regard est vif, il lui doit sa survie. Son museau capte l'air avec avidité. Quand des hommes l'attrapent, ils l'accrochent à un bâton profondément planté dans un lac. Ici la bête se débat et après quelques heures, tombe d'épuisement. Alors on la nourrit et le jeu recommence. Après une semaine, on détache la bête. Ses muscles implorent le repos, elle cède son âme aux hommes, sur sa crinière le soleil ressemble à la lune.

171
Pour promouvoir son nouvel Iphone, *Apple* prend des photos du monde qu'il détruit.

172
Sur ma peau, des chemins qui ne mènent nulle part. Des rivières et des lacs mais jamais d'océans. Sur ma peau, se creusent de fines fissures où peut sortir de l'eau au goût aquatique. Au bout de mes doigts, on a mis des tempêtes, des cercles de ligne qui me tournent autour. Sur mes paumes, les rivières se déversent sur un poignet désertique. Je sens sous ma peau un large dessin, de l'art abstrait au message inconnu. Sur mon tableau humain, pas de signature, pas de nom, pas de titre juste une dynamique qui me pousse au mouvement. Dans mes yeux, trois couleurs, dans mes cheveux une, mais ma peau reste toujours au centre du dessin. La toile est vulnérable, personne ne la protège mais ne faut-il pas être fou pour y lever la main ?

173

Quand Hitler avait pour la première fois coupé sa moustache en carré, absolument personne ne s'était foutu de sa gueule en lui disant qu'il ressemblait à Hitler. C'est ce genre de privilèges qui conduisent un homme à croire qu'il est maître de tout.

174

L'hymne national de nos chers amis britanniques scande "que dieu sauve la reine". Mais la reine n'a pas besoin d'être sauvée et dieu ne sait donc absolument pas comment prendre cette étrange demande. Si Elisabeth II était enfermée dans un donjon surveillé par un dragon cracheur de feu, alors oui dieu pourrait la sauver. Mais elle est en train de choisir entre un chapeau bleu ciel et un vert bonbon entouré de serviteurs tous plus serviables les uns que les autres.

175

Noyées dans leur encre bleue, mes cartouches voient dans chaque phrase une nouvelle bouffée d'oxygène.

176

Il y a tellement de nombres, difficile de tous les compter.

177

Je me suis de nombreuses fois mordu la langue, mais jamais je ne me suis mordu les dents.

178

Pourquoi sommes-nous sur terre ? Une question que seul un être humain peut être amené à se poser. Donner un os à un chien, il mordra dedans avec plaisir. Donner la vie à un homme et c'est un drame pour son intellect. C'est à peine s'il osera y toucher tant ses pensées pompent son énergie. On te donne la vie, mord dedans.

179

Au tennis, rien n'est plus important que le mental. Courir sur chaque balle, pousser ses jambes et ses bras à bouger. Chaque balle qui revient sur le terrain fait mal à l'adversaire, peu importe sa puissance. L'autre à beau taper, la balle revient encore et encore, elle fissure son mental, oblige son corps à faire mieux. Mais ses erreurs s'accumulent, il s'impatiente, son regard croise celui de sa défaite. Alors ses gestes se font plus lents et il perd. Il s'avance au filet et tape la main du gagnant qui se force à ne pas sourire. Le tennis est un redoutable outil pour mesurer la confiance d'un homme.

180

Eduquer un enfant, c'est lui apprendre à ne pas faire. Apprendre à ne pas écrire sur les murs, ne pas manger avec les mains, ne pas ramasser ce qui est par terre, ne pas parler trop fort, ne pas dormir trop tard, ne pas courir trop vite. Donc un adulte devient celui qui ne sait pas faire beaucoup de chose.

181

Et boum, les confettis sont lancés sur la tête de l'enfant qui fête ses 1 ans. Mais sa mère ne pense à présent plus qu'à une chose, comment va-t-elle nettoyer son bel appartement de tous ces confettis ? Les invités marchent dessus, les transportent sans le savoir dans le moindre recoin de son studio. L'air de rien, elle regarde où se dispersent ces petits carrés colorés et établit une stratégie de nettoyage. Parfait, l'aspirateur ne suffira pas, il faudra se pencher sur le sol pour déloger ces intrus de papier. Ce sera dur et demain elle doit déjà faire la machine à laver et amener son plus grand fils au judo. Qui est le salaud, qui a amené ces confettis ? Mine de rien elle mène son enquête, c'est Roger, son frère qui a commis l'acte. Elle le regarde de travers et lui sert la plus petite part de gâteau. A la fin de l'après-midi quand Roger part elle va servir un verre de coca et par pur inadvertance, en lui faisant la bise, le renverse sur son polo Lacoste. Elle croise alors le regard de Brigitte, la femme de Roger, qui se demande comment elle va nettoyer ce polo.

182
La politesse est contagieuse. Il n'y a que ceux qui disent merci qui récoltent des de rien.

183
On a nettoyé son corps des pieds à la tête, on l'a habillé de blanc, on l'a mis dans une magnifique voiture, on lui a fait des éloges, on n'a parlé que de lui pendant des heures. On ne traite jamais mieux les vivants que lorsqu'ils sont morts.

184
Il y a un moment quand on saute dans une piscine où on est entre ciel et eau. Plus on saute de haut, plus ce moment dure, plus on se rapproche du ciel plus le contact avec l'eau est violent. Alors que le corps saute du plongeoir qui frôle les nuages, l'esprit est partagé entre plaisir et peur, la peur prend le dessus. Les jambes tremblent, le cœur pompe un sang de plus en plus chaud, les gouttes de sueur forment une rivière salée traversant le cuir chevelu pour plonger sous le menton. Il faut alors oublier l'impact et ne penser qu'à la douce chute.

185

On parle de court de tennis et de terrain de football. Un court est donc plus petit qu'un terrain, peut-être que son nom vient de là.

186

Un objet qui réfléchit la lumière, c'est un objet sur lequel la lumière peut rebondir. Notez alors que la forme de cette nouvelle lumière selon son angle de rebondissement, la forme de l'objet sur laquelle elle rebondit, se déforme. Un homme qui réfléchit est un homme sur lequel la réalité rebondit pour former une pensée. Le contenu de sa nouvelle pensée selon la personnalité, l'humeur de cette personne, varie énormément. Réfléchir c'est déformer. L'homme qui veut voir la réalité ne doit pas réfléchir.

187

Un billet de 100 euros c'est du papier en fibre de coton, on peut avoir tendance à l'oublier.

188

Au fin fond du royaume d'Alaga, vivait le roi Maudi 2. Son règne avait été long, les traits de son visage était creusé par les larmes qui y avaient coulé. Maudi 2 avait vu mourir sa femme, deux de ses trois fils étaient morts en livrant bataille. Aujourd'hui, il donnait son trône à son fils nommé Avadan. Sa carrure imposante épousait les formes de son trône argenté. Face à lui, se tenait son fils mais aussi tous les hauts dignitaires du royaume, tous avaient le regard dur. Depuis trois tours de lune, le royaume faisait face à une nouvelle famine, les esprits n'étaient pas à la fête. Maudi 2 se leva, regarda son fils et lui demanda en ces mots "Si tu dois choisir entre mourir face à ton père ou mourir face à ta femme lequel choisirais-tu ?". Après quelques secondes de réflexion, le fils répondit "face à vous père car je sais que vous avez la force de le supporter". Maudi 2 prit son épée et l'enfonça dans le cœur de son fils. "Tu as raison mon fils, j'ai cette force". Depuis des mois, Avaltan travaillait sans relâche pour mettre fin à la vie de son père, toutes ses tentatives échouaient lamentablement. Maudi 2 n'étais pas un roi à tuer. Aujourd'hui Alaga ne connaîtra pas de nouveau roi.

189

"Le vide n'est pas ce que vous souhaitez découvrir". Ses mots avaient claqué dans la salle. Ses premiers mots. Ils avaient atterri sur notre planète il y a plus d'un mois, n'avaient montré aucune agressivité face aux forces armées déployées autour de leur engin. Nous avions découvert leurs corps et leurs visages, aujourd'hui ils nous parlaient et leurs premiers mots étaient emprunts de peur. Peur pour "le vide". Qu'est-ce-que ce vide ? "Ils arrivent vers vous, ils vous voient comme une erreur, ils ne partiront pas. Mais le vide ne doit pas être délivré". Chaque mot prononcé, provoquait une vibration inhabituelle. Dans ses phrases, les inconnus étaient trop nombreux. Qui sont "ils" ? Où sont ces "ils" ? Quel "vide" ne doit pas être "délivré". Personne ne comprenait rien, mais nul n'avait besoin de comprendre. Nous avions vécu seuls, nous nous étions pensés uniques, mais depuis un mois cette idée a été bouleversée. Et aujourd'hui nous nous sentons faibles, une faiblesse terrifiante, nous inspirons l'air comme une denrée rare. Ces "ils" ne viendraient pas en paix, ils viennent réparer l'erreur et le vide ne nous sauvera pas. Peu nous importe ce que cela signifie, nous en avons peur à en mourir, nos tripes se remplissent d'acide et nos cœurs se serrent.

190

Quand vous écrivez un mail via Gmail sans y mettre de contenu. Donc juste le titre. Il s'affiche automatiquement sur le mail "Pas de corps". Vous avez créé un mail sans corps, un mail esprit, un fantôme du web. Si vous en créez une grande quantité disons 4 000, 4 000 mails sans corps, vous vous sentirez vous même plus léger. Lorsque vous passez votre journée à écrire des mails sans corps, vous plongez avec eux dans un sentiment de doux abandon. Votre corps vous échappe, votre tête s'allège de toutes pensées vagabondes et vous vous posez alors une question : "Suis-je un mail sans corps?". La réponse est oui.

191

Sous chaque arbre, il y a Racine. Oui, l'auteur.

192

Sous les feuilles de mon figuier, se logent des milliers de pucerons nourris par des centaines de fourmis. Les fourmis s'activent, montent et descendent le tronc de l'arbre, veillent sur chaque puceron avec grand soin. Chacun donne certainement quelque chose à l'autre, il y a forcément un échange dans cette histoire mais ce n'est pas ce qui m'importe, je veux juste savoir si mes figues sont mûres.

193

Je ne sais pas écrire de long Roman. La flemme de construire des personnages, les habiller, les laver. Faire une structure narrative, trouver des rebondissements, une ligne rouge. Et puis les chapitres, les alinéas, les débuts et les fins. Il faut être comptable pour être romancier, avoir la fibre mathématique. Calculer minutieusement l'avancée de son histoire. Et puis, il faut être patient pour faire avancer lentement le lecteur sur un chemin que l'on connait déjà. Un Roman ça vous enferme dans l'histoire que vous avez choisie. Vous aimeriez en sortir mais craignez de faire face à l'incompréhension des lecteurs. On ne peut pas mettre de dragons et de gobelins dans un Roman noir italien. Il faut nécessairement que l'enquêteur suive son enquête, le chevalier sa quête et le lapin sa carotte. C'est un piège à l'élan créatif, une course que l'on fait les deux pieds attachés. On accepte cette souffrance pour recevoir en retour l'amour du lecteur, les applaudissements des media. Le roman, une prison de l'esprit dans laquelle l'écrivain se sent libre.

194

Les hommes ne marchent pas sur la lune, ils y bondissent comme des grenouilles. Leur combinaison est lourde, difficile à manier. Leur visage est caché, on n'y voit que le reflet de ce qu'ils y voient. La lune qu'ils foulent est pleine de poussière qui s'envole sous leurs pas. Leur maison est une fusée, un centre d'étude fruit d'une intelligence nouvelle pour la planète. Les habitants les regardent de loin, curieux mais surtout effrayés par ses minuscules bêtes blanches et leur caillou brillant. Ils analysent leurs mouvements, les rapportent au grand chef OUTA OUTA qui d'un signe de la jambe leur dit de ne pas rentrer en contact avec ces créatures monstrueuses. Ils repartent dans leur caillou brillant et la vie reprend, espérons qu'ils ne reviennent pas.

195

J'ai fait le tour de mon quartier des milliers de fois mais jamais je n'avais remarqué ce magnifique rosier planté sur un toit. Quand on lève la tête pour regarder le ciel, on voit le ciel, pas ce qu'il y a autour.

196

Sous le tablier d'un cuisinier, il n'y a pas un cuisinier, il y a un T-shirt.

197

J'ai grandi dans forêt. J'ai mangé avec loup et renard. J'ai chassé bête en courant très vite. Sauté dans eau froide pour jouer avec frère loup. J'ai caressé tronc d'arbre épais et sage. Dans grande grotte l'eau reste longtemps. J'ai bu eau. Dans les arbres, au-dessus, il y a beaucoup de bleu. J'ai pas touché le bleu. J'ai levé la main mais le bleu est trop loin. Sur mon rocher j'ai dessiné avec plante de couleur. J'ai dessiné famille. Attaqué par homme, j'ai battu. Bout de fer dans peau de frère et tache rouge. Le feu a mangé arbre, plante et maison. J'ai craché colère par bouche. Serré poing et tapé. J'ai donné pouvoir à famille. J'ai donné pouvoir.

198

Seul le fou peut comprendre le vol des mouches.

199

On ne peut pas en vouloir au menteur mais à celui qui l'a cru.

200

Les 200 premières vagues. Au tout départ, il n'y avait que terre. L'eau arriva plus tard par la voie du ciel. D'où nous vient-elle ? Personne ne le sait. Elle fut projetée, congelée sur un sol dur et sec. Après une longue période de fracas, de contact viril, la terre et l'eau échangèrent un premier regard. Chacun désirait l'autre secrètement, chacun, par fierté, serrait son cœur. C'est l'eau qui fit le premier pas, lança la première vague, une vague hésitante. La terre resta muette. Face à cet entêtement enfantin, l'eau aurait pu se taire mais son long voyage avait forgé sa sagesse. Elle lança à la terre ses 200 premières vagues. La terre écouta d'une oreille discrète au départ puis avec grand intérêt. Quand le silence retomba, la terre s'ouvrit à l'eau qui déferla en elle dessinant océan, mer et ruisseau. Chacun se nourrit de la force de l'autre, une force créatrice de mille êtres divers qui fouleront la terre, le corps rempli d'eau. Depuis le dialogue est incessant et les vagues caressent les courbes de nos plages. Parfois lorsque la lune cachée par les nuages nous plonge dans l'obscurité, la terre demande à l'eau de lui compter son histoire, de lui renvoyer ses 200 premières vagues. L'eau se lance alors dans son monologue et la terre en échange lui cède un rocher ou une falaise que l'eau submerge avec délicatesse.

A votre tour pour la 201 :

Des Bizous.

Bizous à Word et Windows.
Bizous à mes deux mains.
Bizous à la Mama Cosi.
Bizous à Amandine.
Bizous à tous ceux qui ont façonné
sans le savoir des mots et des idées.

Et bizous à vous.

FIN

Printed in Great Britain
by Amazon